CANTIQUES

POUR

LE MOIS DE MARIE.

DIGNE,

VIAL, IMPRIMEUR-LIBRAIRE,

rue Capitoul, 5.

1857.

CANTIQUES

POUR

LE MOIS DE MARIE.

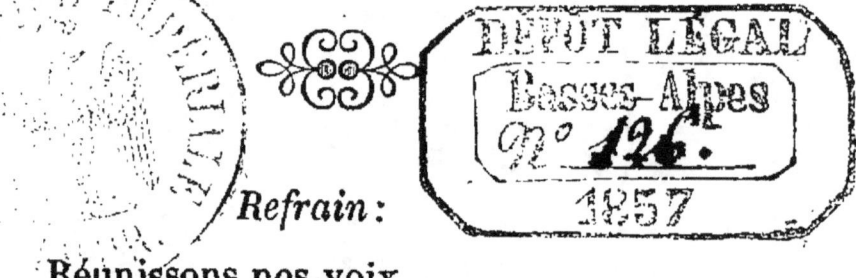

Refrain :

Réunissons nos voix
Pour chanter tous à la fois,
Réunissons nos voix
Pour chanter le plus beau mois.

Ce mois ; de notre vie,
La plus belle saison,
S'appelle avec raison
Le saint mois de Marie.
Réunissons, etc.

Dans ce mois la nature
Se pare de ses fleurs
La vertu, de nos cœurs
Doit faire la parure.
Réunissons, etc.

Des oiseaux l'harmonie
Qui réjouit ces bois,

Semble inviter nos voix
A célébrer Marie.
Réunissons, etc.

Dans le fond du bocage
Le tout petit oiseau
Vient chanter sur l'ormeau
Qu'on l'honore à tout âge.
Réunissons, etc.

Entourons son image
Des fleurs de nos hameaux,
Des plus tendres rameaux
Offrons-lui le feuillage.
Réunissons, etc,

Pour honorer Marie,
C'est trop peu de nos fleurs,
Unissons-y nos cœurs :
C'est le don qu'elle envie.
Réunissons, etc.

O mois heureux, que notre âme attendrie
Depuis longtemps, appelait de ses vœux !
O mois heureux ! Sois le mois de Marie :
Brille pour nous plus pur, plus radieux.

Coulez beaux jours, jours chers à l'innocence,
Jours où nos cœurs à Marie ont recours ;
Jours qu'a choisis notre reconnaissance,
Jours dont Marie embellira le cours.

Offrons des fleurs à notre tendre mère:
Consacrons-lui ces présents de nos cœurs;
Le lys si pur, la rose printanière,
La violette aux modestes couleurs.

Petits oiseaux que le printemps ramène,
Célébrez tous, par des concerts nouveaux,
De l'univers l'aimable souveraine;
Et choisissez de vos chants les plus beaux.

O mois heureux soit pour nous sans nuage!
Que ton azur longtemps charme nos yeux!
De notre reine, oh! sois pour nous l'image,
Et resplendis de tout l'éclat des cieux.

Oh qu'il est doux d'être aux pieds de ce trône,
De révérer ce septre protecteur!
Reine du ciel, si l'éclat t'environne,
Ton doux souris rassure le pécheur.

Refrain.

Ciel! Ciel! oh! quel bonheur!
Oui, je le vois, c'est ma mère!
Ciel! Ciel! oh! quel bonheur!
Je la révère et lui donne mon cœur.
Oh! quel bonheur!
Quelle faveur
Oh! quel bonheur!

De nos jardins, la rose la plus belle

Bientôt hélas ! s'effeuille sous nos doigts.
Nous voulons donc décorer la chapelle,
Des fleurs du ciel qu'on cueille en ton beau mois
    Ciel ! Ciel ! etc.

 Nous t'offrirons des cœurs purs et sincères,
Une âme chaste et riche de vertus.
Ces fleurs au moins ne sont pas éphémères,
Le temps leur donne une beauté de plus.
    Ciel *!* Ciel *!* etc.

 Telle sera ma mère la guirlande
Que tes enfants tresseront sur ton cœur.
Et toi pour prix de leur pieuse offrande
Tu daigneras les offrir au Seigneur,
    Ciel *!* Ciel *!* etc.

  O reine que mon cœur révère,
  Sur ce trône resplendissant
  On dit que vous êtes ma mère
  Et que vous aimez votre enfant.

    Refrain.

  A cette nouvelle chérie
  J'ai senti tressaillir mon cœur;
  Car vous aimer, tendre Marie *!*
  Voilà ma joie et mon bonheur (bis.)

  S'il en est ainsi, je vous jure
  De vous aimer jusqu'à la mort,
  De mettre en vous, ô Vierge pure !

Mes espérances et mon sort.
A cette promesse chérie, etc.

Si mon amour simple et sincère
Vient à trouver grâce à vos yeux ;
S'il flatte votre cœur de mère,
Je suis au comble de mes vœux.
A cette espérance chérie, etc.

Entre vos bras pour que je meure,
Venez du séjour immortel ;
Quand sonnera ma dernière heure,
Sur la belle horloge du ciel.
A cette visite chérie, etc.

De la saison nouvelle
Qui dira les attraits ?
Marie est bien plus belle,
Plus doux sont ses bienfaits.

Refrain.

Venez troupe choisie,
Chantons un air nouveau.
C'est le mois de Marie,
C'est le mois le plus beau.

L'étoile bienfaisante
Qui scintille au matin,
Est moins éblouissante
Que son front tout divin.
Venez troupe, etc.

1*

Qu'une éclatante aurore
Brille au loin dans les cieux !
Elle est plus belle encore :
Son nom plus gracieux.
Venez troupe, etc.

Au vallon solitaire
Le lys en sa blancheur,
De cette Vierge mère
Retrace la pudeur.
Venez troupe, etc.

On vante, ô violette
Ta modeste beauté !
C'est l'image parfaite
De son humilité.
Venez troupe, etc.

La rose épanouie
Aux premiers feux du jour,
Nous redit de Marie
L'inépuisable amour.
Venez troupe, etc.

Mais pour lui rendre homage,
Pourquoi sous chaque fleur,
Aller chercher l'image
Des vertus de son cœur ?
Venez troupe, etc.

Ah ! plutôt qu'en notre âme !
Vierge, par tes bienfaits,

La grâce en traits de flamme
Les grave pour jamais
Venez troupe, etc.

———————————

A ton autel, incomparable Reine,
Nous accourons offrir nos jeunes ans,
Sois, de nos cœurs, l'unique souveraine,
Adopte nous, ici, pour tes enfants.

Nous désirons, ô divine Marie!
Nous consacrer à ton culte, en ce jour;
Reçois nos vœux, nos cœurs et notre vie:
Oui, nous voulons être à toi sans retour.

L'astre du soir, de sa faible lumière,
Guide les pas du tremblant voyageur;
Du ciel, aussi, la plus sensible mère
Sur nous fait luire un rayon protecteur.

Sans son appui, dans ce lieu de misère,
Nous ne pouvons que tomber et périr;
Mais elle voit notre douleur amère:
Nous gémissons et son cœur va s'ouvrir.

Ah! dans ce cœur, courons cacher nos larmes:
C'est le séjour de la paix, du bonheur,
Heureux qui peut en connaître les charmes,
Heureux qui peut en goûter la douceur.

Que ton autel soit notre doux asile!
Jusqu'au trépas, sois y notre secours:

Nous l'espérons, et notre cœur tranquille,
Jusqu'à la mort, t'invoquera toujours.

Mère de Dieu, du monde souveraine!
Vous qui voyez à vos pieds tous les rois!
Je vous choisis, aujourd'hui, pour ma reine,
Et me soumets pour toujours à vos lois.

Refrain :

Tendre Marie!
O mon bonheur!
Toujours chérie!
Vous vivrez dans mon cœur.   (bis).

Je mets ma gloire à vous marquer mon zèle,
A vous aimer, à vous faire servir;
Ah ! si mon cœur vous doit être infidèle,
Cent et cent fois qu'on le fasse mourir.
Tendre Marie, etc.

Que, contre moi, l'enfer entre en furie,
Sous votre nom on m'en verra vainqueur,
Un serviteur, un enfant de Marie,
Peut-il périr, peut-il mourir pécheur?
Tendre Marie, etc.

Dans ce beau mois, où la nature entière
Brille, à nos yeux, des plus vives couleurs;
Tous vos enfants, auguste et tendre mère,
Viennent vous faire un bouquet de leurs cœurs.
Tendre Marie, etc.

Vierge sainte, rose vermeille,
Toi dont nous aimons les autels,
Du haut du ciel prête l'oreille
A nos cantiques solennels:
Tu sais que nous voulons te plaire,
T'aimer, te bénir tous les jours,
Vierge, montre-toi notre mère,   (ter.)
Toujours, toujours, toujours.

Celui qu'écrasa ta puissance
Veille à la porte de nos cœurs,
Et pour nous ravir l'innocence
Sous nos pas il sème des fleurs.
Nous pourrions, ingrats, te déplaire
Toi qui nous combles de bienfaits !
Nous, t'oublier, auguste mère,   (ter.)
Jamais ! jamais ! jamais !

Du mondain, si l'indifférence,
D'amertume abreuve ton cœur,
Lors même que, dans ta clémence,
Tu tends les bras à son malheur.
Nous, du moins, nous voulons te plaire,
T'aimer, te bénir tous les jours,
Vierge montre-toi notre mère,   (ter.)
Toujours ! toujours ! toujours !

Malheur à l'aveugle coupable,
Qui trahirait l'heureux serment,
Qu'il te fit Reine toute aimable,

De te servir fidèlement.
Plutôt mourir que te déplaire,
Toi qui nous combles de bienfaits.
Nous, t'oublier, auguste mère!
Jamais! jamais! jamais!   (ter.)

Jour mille fois heureux! offrande salutaire!
C'en est donc fait, Marie a reçu nos serments;
De la Mère de Dieu nos sommes les enfants:
Honneur, respect, amour, à notre tendre Mère.

Refrain :

Oui, nous l'avons juré, nous sommes ses enfants,
Nous faisons de nos cœurs le don le plus sincère,
Que la terre et les cieux redisent nos serments:
Guerre au monde, à satan *bis*, amour à notre Mère!

De puissants ennemis nous déclarent la guerre;
Je sens mon cœur frémir à l'aspect des combats:
Soutiens-nous, ô Marie, à notre faible bras,
Daigne ajouter l'appui de ton bras tutélaire.
        Oui nous l'avons juré, etc.

Si pour nous enchaîner des faux biens de la vie
Le monde offre à nos yeux les attraits imposteurs,
Disons-lui, repoussant ses funestes douceurs :
Mon cœur n'est plus à moi, mon cœur est à Marie.
        Oui nous l'avons juré, etc.

L'enfer peut, dans sa rage, exciter la tempête,

Le dragon orgueilleux peut frémir de courroux,
L'invincible Marie a triomphé pour nous,
Pour nous, du vieux serpent, elle a brisé la tête.
Oui nous l'avons juré, etc.

Je vous salue, auguste et sainte reine,
Dont la beauté ravit les immortels !
Mère de Dieu, aimable souveraine,
Je me prosterne aux pieds de vos autels.

Refrain :

O divine Marie,
Mère tendre et chérie !
Nous vous offrons et nos vœux et nos cœurs.
O divine Marie,
Mère tendre et chérie !
Protégez-nous, comblez-nous de faveurs.

Je vous salue, ô divine Marie !
Vous méritez l'hommage de nos cœurs :
Après Jésus vous êtes et la vie,
Et le refuge et l'espoir des pécheurs.
O divine Marie, etc.

Fils malheureux d'une coupable mère,
Bannis du ciel, les yeux baignés de pleurs,
Nous vous faisons, de ce lieu de misère,
Par nos soupirs, entendre nos douleurs.
O divine Marie, etc.

Ecoutez-nous puissante protectrice ;
Tournez sur nous vos yeux compatissants,
Et montrez nous qu'à nos malheurs propice,
Du haut des cieux vous aimez vos enfants.
O divine Marie, etc.

O douce !... ô tendre !... ô pieuse Marie !...
Vous dont Jésus, mon Dieu, reçut le jour,
Faites qu'après l'exil de cette vie,
Nous le voyons dans l'éternel séjour.
O divine Marie, etc.

Pendant ce mois, cher à notre mémoire
Où nous venons vous présenter nos fleurs ;
Reine du ciel qui régnez dans la gloire,
Nous y joindrons le tribut de nos cœurs.
O divine Marie, etc.

O vous Vierge Marie !
Que l'Eternel chérit,
Qu'Adam n'a point flétrie,
Temple du Saint-Esprit,
Mère, pleine de grâce,
Beauté que rien n'efface.

Refrain :

Notre espoir est en vous :
Priez, priez pour nous.   (bis).

Vierge pure et fidèle !

Puissante dans les cieux ;
Des vierges le modèle,
Qu'on l'honore en tous lieux :
Source de bienfaisance,
De bonté de clémence.
>> Notre espoir , etc.

O trône de sagesse !
Prodige de douceur ,
D'une vive allégresse
Remplissez notre cœur :
O Vierge toute belle ,
Comme la fleur nouvelle.
>> Notre espoir , etc.

Arche de l'alliance !
Etoile du matin ,
Soyez notre assistance ,
Ouvrez-nous votre sein :
O Vierge glorieuse ,
Reine mystérieuse.
>> Notre espoir , etc.

Trésor inépuisable !
De grâce et de bonté ,
Prodige inconcevable
Du Dieu de sainteté ,
Qu'avec les chœurs des anges
Nous chantions vos louanges.
>> Notre espoir , etc.

D'un hommage sincère

Obtenez-nous le prix;
Montrez-vous notre mère,
Près de votre cher fils;
Du céleste héritage,
Procurez-nous le gage.
    Notre espoir, etc.

Toute notre espérance
Est en votre secours;
Servez-nous de défense,
Prenez soins de nos jours:
De ce séjour de larmes,
Dissipez les alarmes.
    Notre espoir, etc.

Sauvez-nous du naufrage,
Obtenez-nous la paix:
Notre voix d'âge en âge,
Chantera vos bienfaits.
Soyez notre refuge,
Près du souverain juge.
    Notre espoir, etc.

Que, sous vos doux auspices,
Au moment du trépas,
Nous goûtions les délices
Du ciel entre vos bras.
A ce pas redoutable,
O Vierge secourable.
    Notre espoir, etc.

Vierge Marie,
Daigne sourire à tes enfants;
Mère chérie,
Reçois leurs chants
Ah ! nous te consacrons les jours de notre vie ;
Daigne en bénir tous les instants :
Et d'âge en âge
Pour toi nos vœux toujours croissants
Seront le gage
De nos serments.

T'aimer sans cesse,
Auguste reine de mon cœur,
T'aimer sans cesse,
Quelle douceur !
Tu souris à mes vœux : ce signe de tendresse
Bannit la crainte et la douleur :
Il est le gage
De ton amour pour un pécheur
Et le présage
De son bonheur.

Mère chérie,
Toi que mon cœur aima toujours,
Viens, ô Marie,
A mon secours.
C'est toi qui protégeas l'aurore de ma vie,
Je t'en dois les plus heureux jours
De mon jeune âge

Conserve-moi les sentiments,
C'est le partage
De tes enfants.

En vain le monde
Prétend m'engager sous sa loi,
En vain il gronde,
Je suis à toi.
Oui : c'est sur ton appui que mon espoir se fonde,
O tendre Mère soutiens-moi :
Toujours fidèle,
A toi seule mon cœur sera,
Et sous ton aile
Reposera.

Sur cette terre
Je vais publier à jamais,
O douce Mère,
Tous tes bienfaits.
Je veux t'appartenir et t'aimer et te plaire :
Daigne m'accorder en retour,
Que je demeure
Ton enfant jusqu'au dernier jour
Et que je meure
Dans ton amour.

Je veux célébrer par mes louanges,
La gloire de la Reine des cieux ;
Et m'unissant au concert des anges,
Je m'engage à la chanter comme eux.

Je m'engage, je m'engage,
Je m'engage à la chanter comme eux (bis).

Sur vos pas, ô divine Marie,
Plus heureux qu'à la suite des rois,
Dès ce jour et pour toute ma vie,
Je m'engage à vivre sous vos lois.
    Je m'engage, etc.

Si du monde écoutant le langage,
Du plaisir j'ai cherché les attraits,
A vous posséder seule en partage,
Je m'engage aujourd'hui pour jamais.
    Je m'engage, etc.

Admire ton bonheur, ô mon âme!
Le ciel même en doit être jaloux,
Puisqu'en suivant l'ardeur qui t'enflamme,
Tu t'engages aux devoirs les plus doux.
    Tu t'engages, etc.

Par un culte constant et sincère,
Par un vif et généreux amour,
A servir, à chérir une mère,
Tu t'engages aujourd'hui sans retour.
    Tu t'engages, etc.

Mais si tu veux lui marquer ton zèle,
Et participer à son bonheur,
Il faut qu'à suivre en tout ce modèle,
Tu t'engages et d'esprit et de cœur.
    Tu t'engages, etc.

2*

Mère sensible et complaisante,
Soutenez au milieu des combats,
Les efforts d'une âme pénitente,
Qui s'engage à marcher sur vos pas.
  Qui s'engage, etc.

Tu n'es plus qu'une terre étrangère,
Pour moi, monde volage et trompeur,
Je ne veux que servir une mère,
Qui s'engage à faire mon bonheur.
  Qui s'engage, etc.

Unissez vos voix, peuple fidèle,
Aux accords des esprits bienheureux
Pour chanter les louanges de celle
Qui s'engage à combler tous nos vœux.
  Qui s'engage, etc.

Nous recourons à vous, sainte Mère de Dieu,
Daignez nous protéger en tout temps en tout lieu;
Daignez nous accorder, de votre main chérie,
Le secours et l'appui, Sainte Vierge Marie.

Veuillez nous honorer de vos aimables soins;
Que votre tendre amour, prévienne nos besoins;
Vous voyez nos dangers, sainte et puissante Mère,
Ah! ne dédaignez pas notre ardente prière.

Si vous nous délaissez dans nos afflictions,
Sous nos fiers ennemis, hélas! nous succombons;

Lancez du haut des cieux dont vous faites la gloire
Sur eux, l'un de vos traits, nous aurons la victoire

Tout mon être palpite et d'amour et d'espoir,
De jouir du bonheur, ma mère, de vous voir.
Je veux du moins passer, tous les jours de ma vie
A chanter vos bienfaits, Sainte Vierge Marie.

A toi, tout mon amour !
Vierge de la Salette !
A toi, je le repète !
Mille fois chaque jour :
A toi (ter) tout mon amour (bis).

A toi, tout mon amour !
C'est le cri de mon âme,
Pour toi mon cœur s'enflamme ,
Et la nuit et le jour :
A toi, tout mon amour !

A toi, tout mon amour !
Mes chants et ma prière,
Vers toi, de cette terre,
Monteront tour à tour.
A toi tout mon amour !

A toi, tout mon amour !
O puissante patronne,
A toi je m'abandonne
Aujourd'hui sans retour.
A toi tout mon amour !

A toi, tout mon amour !
Si le monde m'appelle
Je te serai fidèle
Jusqu'à mon dernier jour.
A toi tout mon amour !

A toi, tout mon amour !
Au milieu du naufrage,
Comme sur le rivage,
Je dirai sans retour.
A toi tout mon amour !

A toi, tout mon amour !
Ma joie et ma tristesse !
Redites-lui sans cesse,
Doux échos d'alentour.
A toi tout mon amour !

A toi, tout mon amour !
Toi que l'ange révère,
Que Dieu nomme sa Mère,
Le chrétien, son secours.
A toi tout mon amour !

A toi, tout mon amour !
Beau lis sans flétrissure :
J'écoute la nature
Te redire à son tour.
A toi tout mon amour !

A toi, tout mon amour !
Au lever de l'aurore !

Je veux te dire encore,
Quand finira le jour :
A toi tout mon amour !

A toi, tout mon amour !
Ici bas je soupire.
Quand pourrai-je te dire,
Dans l'immortel séjour :
A toi tout mon amour !

Unis aux concerts des Anges,
Aimable reine des cieux ;
Nous célébrons tes louanges
Par nos chants mélodieux.

Refrain :

De Marie, qu'on publie,
Et la gloire, et les grandeurs,
Qu'on l'honore, qu'on l'implore,
Qu'elle règne sur nos cœurs.

Auprès d'elle la nature,
Est sans grâce, sans beauté,
Les cieux même sans parure,
L'astre du jour sans clarté.
De Marie, etc.

C'est le lys de la vallée,
Dont le parfum précieux,

Sur la terre désolée
Attira le roi des cieux
De Marie, etc.

C'est l'auguste sanctuaire,
Que le Dieu de majesté
Inonda de sa lumière,
Embellit de sa beauté.
De Marie, etc.

C'est la Vierge incomparable,
Gloire et salut d'Israël,
Qui, pour un monde coupable
Fléchit le courroux du Ciel.
De Marie, etc.

C'est la Vierge, c'est Marie,
Dans ce nom, que de douceur!
Nom d'une mère chérie,
Nom, doux espoir du pécheur.
De Marie, etc.

Ah ! vous seuls pouvez le dire
Mortels qui l'avez goûté,
Combien doux est son empire ;
Combien grande est sa bonté
De Marie, etc.

Qui jamais, de la détresse
Lui fit entendre le cri,
Et n'obtint de sa tendresse
Sous son aile, un sûr abri.
De Marie, etc.

Vous qui d'un monde perfide
Craignez les puissants appats,
Si Marie est votre égide,
Vous ne succomberez pas,
De Marie, etc.

En vain l'enfer en furie,
Frémirait autour de vous ;
Si vous invoquez Marie,
Vous braverez son courroux.
De Marie, etc.

Oui je veux, ô tendre mère !
Jusqu'à mon dernier soupir,
T'aimer, te servir te plaire,
Et pour toi vivre et mourir.
De Marie, etc.

D'une mère chérie
Célébrons les grandeurs,
Consacrons à Marie,
Et nos voix et nos cœurs.

Refrain :

De concert avec l'Ange
Quand il la salua,
Disons à sa louange
Un Ave Maria.

}bis.

Modeste créature;

Elle plût au Seigneur,
Et Vierge toujours pure,
Enfanta le Sauveur.
De concert, etc.

Nous étions la conquête
Du tyran des enfers ;
En écrasant sa tête
Elle a brisé nos fers.
De concert, etc.

Que l'espoir se relève
Dans nos cœurs abattus :
Par cette nouvelle Eve
Les cieux nous sont rendus.
De concert, etc.

O Marie, ô ma mère !
Prenez soin de mon sort,
C'est en vous que j'espère
En la vie, à la mort.
De concert, etc.

O céleste lumière,
O source de bonheur,
Exaucez la prière,
Que vous offre mon cœur.
De concert, etc.

Obtenez-nous la grâce,
A notre dernier jour,
De vous voir face à face
Au céleste séjour.
De concert, etc.

Je mets ma confiance,
Vierge en votre secours;
Servez-moi de défense,
Prenez soin de mes jours.
Et quand ma dernière heure
Viendra fixer mon sort,
Obtenez que je meure
De la plus sainte mort.

A votre bienveillance,
O Vierge, j'ai recours,
Soyez mon assistance
En tous lieux et toujours.
Vous même êtes ma mère,
Jésus est votre fils,
Offrez-lui la prière
De vos enfants chéris.

Sainte Vierge Marie,
Asile des pécheurs
Prenez part, je vous prie,
A mes justes frayeurs.
Vous êtes mon refuge :
Votre fils est mon roi,
Mais il sera mon juge,
Intercédez pour moi.

Ah ! soyez-moi propice,
Quand il faudra mourir;
Apaisez sa justice,

Que je crains de subir
Mère pleine de zèle,
Protégez votre enfant :
Je vous serai fidèle,
Jusqu'au dernier instant.

Voyez couler mes larmes,
Mère du bel amour,
Finissez mes alarmes,
Dans ce triste séjour;
Venez rompre mes chaînes,
Je veux aller à vous;
Aimable souveraine,
Régnez, régnez sur nous.

Marie, ô tendre Mère,
En ta bonté j'espère;
O Vierge, mon bonheur,
Toujours garde mon cœur.
Tu connais sa faiblesse,
J'implore ta tendresse;
Au milieu des combats
Ne m'abandonne pas!

Toujours, sainte patronne,
Pour moi tu fus si bonne!
Tu gardas mon berceau;
Daigne, jusqu'au tombeau
Me couvrir de ton aîle;
Que ta main maternelle
Au milieu, etc.

Loin de sa tendre mère,
Sans appui, sur la terre,
Malheureux, impuissant,
Gémit ton faible enfant.
Tu vois couler mes larmes,
Tu connais mes alarmes;
Au milieu, etc.

Vierge, mon espérance,
Toute ma confiance
Repose en tes bienfaits;
Brise donc tous les traits
De l'enfer qui sans cesse
Me poursuit et me presse;
Au milieu, etc.

Toi, dont la main chérie
Ecarte de la vie
Les maux et les douleurs,
Toi qui sèches les pleurs
Et soulages les peines
Du captif dans les chaînes,
Au milieu, etc.

Que mon cœur te chérisse,
Que ma voix te bénisse;
Que je te voie un jour
Dans l'éternel séjour.
A mon heure dernière,
Viens fermer ma paupière.
Au milieu, etc.

Rassemblons-nous dans ce saint lieu ;
De nos cœurs offrons tous l'hommage ;
A la mère du fils de Dieu,
Nous voulons être sans partage.

Refrain :

Quelle faveur !
Notre bonheur
Est dans son cœur ;
Elle aime la jeunesse.
Chantons la bonté, la douceur
De son cœur ;
Célébrons sa tendresse.

Nous venons tous à ses genoux
Lui jurer l'amour le plus tendre ;
L'aimer est-il rien de si doux ?
Le cœur pourrait-il s'en défendre ?
Quelle faveur, etc.

Sur vous se fonde notre espoir,
Vous guiderez notre jeunesse ;
A vos mains nous voulons devoir
L'heureux trésor de la sagesse.
Quelle faveur, etc.

Puissent, par vous, nos sentiments,
Trouver toujours les cieux propices ;
Ne dédaignez pas des enfants
Qui s'engagent sous vos auspices.
Quelle faveur, etc.

Vous serez sensible à nos vœux ;
Nous vous serons toujours fidèles ;
Et vous nous obtiendrez des cieux
Les biens, les douceurs éternelles.
Quelle faveur, etc.

Dans nos concets,
Bénissons le nom de Marie ;
Dans nos concerts,
Consacrons lui nos chants divers.
Que tout l'annonce et le publie,
Et que jamais on ne l'oublie
Dans nos concerts (bis).

Qu'un nom si doux
Est consolant ! qu'il est aimable !
Qu'un nom si doux
Doit avoir de charmes pour nous !
Après Jésus, nom admirable,
Est-il rien de plus désirable
Qu'un nom si doux ? (bis)

Ce nom sacré
Est digne de tout notre hommage,
Ce nom sacré
Doit être partout honoré ;
Qu'il puisse toujours d'âge en âge,
Être révéré d'avantage
Ce nom sacré (bis).

Par ton secours,

L'âme à son Dieu toujours fidèle,
Par ton secours,
Dans la vertu coule toujours,
Sa ferveur, son amour, son zèle
Se nourrit et se renouvelle,
Par ton secours (bis).

Douce et puissante mère,
Etoile tutélaire,
Protégez notre sort,
Conduisez-nous au port.

Refrain :

O divine Marie,
Mère tendre et chérie,
Nous recourons à vous,
Priez, priez pour nous.

Veillez sur nous sans cesse;
Et que votre tendresse
Prenne soin de nos jours,
Nous protége toujours.
O divine Marie, etc.

De la vierge innocente,
Et de l'âme fervente
Gardez le chaste cœur,
Eloignez la tiédeur.
O divine Marie, etc.

Protégez notre vie,

Soyez, vierge bénie
L'appui de nos soldats
Au milieu des combats.
O divine Marie, etc.

Du couchant à l'aurore,
Que partout on l'implore;
C'est la reine des cœurs :
Qu'on chante ses grandeurs.
O divine Marie, etc.

Montrez-vous notre mère!
Présentez la prière
De vos enfants chéris,
A votre divin fils.
O divine Marie, etc.

Placez-nous sous votre aile,
Guidez notre nacelle,
Jusqu'au sein des élus,
Près du cœur de Jésus.
O divine Marie, etc.

Refrain :

C'est le nom de Marie !
Chantons-le chaque jour
Répétons, à l'envie,
Un nom si plein d'amour.   } bis.

C'est le nom d'une mère,

Chantez, heureux enfants;
Unissez pour lui plaire
Et vos cœurs et vos chants.
C'est le nom, etc.

C'est un nom de puissance,
Un nom plein de douceur,
Mais toujours sa clémence
Surpasse sa grandeur.
C'est le nom, etc.

C'est un nom de victoire :
Il dompte les enfers,
Il nous donne la gloire
De briser tous nos fers.
C'est le nom, etc.

C'est un nom d'espérance
Au pécheur repentant,
Un gage d'innocence
Au cœur juste et fervent.
C'est le nom, etc.

Il n'est rien de plus tendre,
Il n'est rien de plus fort;
Le ciel aime à l'entendre;
Pour l'enfer c'est la mort.
C'est le nom etc.

Que le nom de ma mère,
Au dernier de mes jours,
Soit toute ma prière,
Qu'il soit tout mon secours.
C'est le nom, etc.

Tendre Marie,
Souveraine des cieux ;
Mère chérie,
Patronne de ces lieux,
Veillez sur notre enfance,
Sauvez notre innocence,
Conservez-nous ce trésor précieux.

L'enfer s'élance,
Dans sa noire fureur,
De notre enfance,
Il veut ternir la fleur
A peine à notre aurore,
Oui, nous vaincrons encore,
Si votre amour nous promet sa faveur.

Mère chérie,
O doux présent des cieux,
De Dieu choisie
Pour combler tous nos vœux :
Voyez notre misère,
Montrez-vous notre Mère ;
Protégez-nous en ces jours orageux.

Dès le jeune âge
On peut être au Seigneur :
De notre hommage
Offrez-lui la faveur.
Pour embraser nos âmes
Ah ! prêtez-nous vos flammes,
Mère de Dieu, prêtez-nous votre cœur.

O bienfaitrice
De nos plus jeunes ans!
O protectrice
De nos derniers moments.
O douce, ô tendre mère!
Trop heureux de vous plaire,
Toujours, toujours nous serons vos enfants.

Je suis aimé de toi mère chérie;
Ce doux penser fait palpiter mon cœur;
C'est un parfum qui réjouit ma vie,
Et dans l'exil me donne le bonheur.

Refrain :

O mère chérie,
Place moi,
Un jour dans la patrie
Près de toi.

Quand viendra-t-il, ce jour, mère chérie
Où je pourrai reposer sur ton cœur?
Je veux du moins, ô divine Marie,
Chanter ton nom pour calmer ma douleur
O mère chérie, etc.

Le voyageur, au nom de la patrie,
Sentit toujours renaître sa vigueur :
Ton nom puissant, ô divine Marie,
A plus encor d'empire sur mon cœur.
O mère chérie, etc.

Dans les ennuis, à mon âme flétrie
Ton nom si cher rend le calme et la paix,
Dès qu'on t'implore ô puissante Marie,
Le ciel sourit et verse ses bienfaits
O mère chérie, etc.

Ton nom si doux pour un enfant qui prie
Je te redis mille fois chaque jour ;
Et je le sens, ô divine Marie !
Ton œil sur moi repose avec amour.
O divine Marie, etc.

Toujours, toujours, quand le mois de Marie
Ramènera la saison du bonheur :
Toujours, toujours, dans mon âme attendrie
Je chanterai son retour enchanteur.
Beau mois des fleurs, augure d'espérance
Gage de paix, aurore des beaux jours,
Viens m'animer de ta douce influence
Pour que je t'aime et te chante toujours. (bis.)

Toujours, toujours, aimable et tendre mère,
J'aurai, pour vous, un cœur reconnaissant.
Toujours, toujours, ce cœur tendre et sincère
Vous offrira l'amour le plus constant.
Du haut du Ciel, si votre main chérie,
Vers le bonheur me guide tous les jours,
Ne faut–il pas, ô divine Marie,
Qu'avec transport je vous aime toujours.

Toujours, toujours, de fleurs et de guirlandes

Je parerai votre modeste autel;
Toujours, toujours, mes vœux et mes offrandes
Témoigneront d'un amour éternel.
Pour vos enfants, ô vous êtes si bonne!
De vos bienfaits rien n'arrête le cours;
Comment pourrai-je, ô céleste patronne,
Ne pas jurer de vous aimer toujours?

Toujours, toujours, Reine toute puissante,
Dans mes beaux jours, dans mes jours nébuleux,
Toujours, toujours, votre nom que je chante
Est à mon cœur un baume précieux;
Pour vous louer, ô divine Marie!
De votre mois les instants sont trop courts:
Ah! quand mon âme aux séraphins unie,
Aux saints parvis vous chantera toujours!

O Vierge qui de l'innocence
Avez gardé la tendre fleur!
J'ai recours à votre clémence,
Détournez les coups du Seigneur.

Refrain:

Vierge Marie, (bis.)
Refuge assuré du malheur;
Ecoutez la voix qui vous prie;
Vierge Marie (bis.)
Ecoutez la voix du pécheur!

De mes péchés la triste chaîne

Sans fin, se déroule à mes yeux ;
Je cède à son poids qui m'entraîne :
Soutenez-moi Reine des cieux.
Vierge Marie, etc.

Ayez pitié de ma misère,
Ah ! pour moi fléchissez Jésus ;
De son fils une tendre mère
Pourrait-elle avoir un refus ?
Vierge Marie etc.

Vierge sainte, soyez bénie ;
Mon âme a retrouvé la paix ;
Mais je suis si faible, Marie,
Ah ! ne mabandonnez jamais.
Vierge Marie etc.

———————————

Cœur sacré de Marie,
Cœur tout brûlant d'amour
Cœur que la terre envie
Au céleste séjour,
Communique à nos âmes
Un rayon de ce feu,
De ces heureuses flammes,
Dont tu brûlas pour Dieu.

Sanctuaire ineffable
Où repose Jésus,
O source intarrissable
De toutes les vertus !

4

Percé, sur le calvaire,
D'un glaive de douleur,
A ton amour la terre,
N'oppose que froideur.

Cœur tendre, cœur aimable,
Du pécheur le secours,
Sa malice exécrable,
Te perce tous les jours.
Ah ! puissent nos hommages
Ici-bas expier
Tant de sanglants outrages
Qu'on te fait essuyer.

Montre-toi notre mère :
De tes enfants chéris,
Reçois l'humble prière,
Pour l'offrir à ton fils ;
Conduis-nous, sous ton aile
Jusqu'au cœur de Jésus
Une mère peut-elle
Essuyer un refus ?

LITANIES DE LA SAINTE-VIERGE.

Sancta Maria.

Le saint nom de Marie
Est plus doux que le miel,
Pour les Anges du ciel
C'est un parfum de vie.

Refrain :

Implorons en ce jour, (bis.)
La mère du Dieu d'amour. (bis.)

Sancta Dei Genitrix.

Cette mère angélique
Enfanta notre Dieu;
On adore en tout lieu
Jésus son fis unique.
Implorons, etc.

Santa Virgo Virginum.

Elle efface la rose
Par sa chaste beauté;
Et la virginité
De son souffle est éclose:
Implorons, etc.

Mater Christi

Du Christ elle est la mère,
Et son sein virginal,
Plus pur que le cristal
Nous donne un Dieu pour frère.
Implorons, etc.

Mater divinæ gratiæ.

La source de la grâce
Fut mise dans son sein.

Dans ce fleuve divin
L'iniquité s'efface
Implorons, etc.

Mater purissima.

C'est la mère très-pure ;
C'est la candide fleur
Qui répand son odeur.
Sur toute la nature.
Implorons, etc.

Mater Castissima.

Elle embellit le monde
De sa virginité *l*
Mère de chasteté,
Sa vertu nous inonde.
Implorons, etc.

Mater inviolata.

Son cœur inviolable
Jamais ne fut blessé,
Satan n'a point percé
Cette mère ineffable.
Implorons, etc

Mater intemerata.

Son âme immaculée
N'a point porté de fiel ;
Le vice originel
Ne la point profanée.
Implorons, etc.

Mater amabilis.

Non, rien n'est comparable
Au sourire divin,
Au regard si serein
De cette mère aimable.
Implorons, etc.

Mater admirabilis

Les tribus angéliques
Ne peuvent se lasser
De l'immortaliser
Par de nouveaux cantiques.
Implorons, etc.

Mater Creatoris.

Elle est le tabernacle
De la divinité;
Et sa maternité
Est le plus grand miracle.
Implorons, etc.

Mater Salvatoris.

Cette Vierge chérie
Est mère du Sauveur;
C'est le sang de son cœur
Qui nous rendît la vie.
Implorons, etc.

Virgo prudentissima.

La Vierge très-prudente

4*

Veille sur notre sort ;
Elle a vaincu la mort,
Par sa vertu puissante.
Implorons, etc.

Virgo veneranda.

Aux feux de sa couronne
Les saints sont éblouis,
Et les Anges soumis
Sont aux pieds de son trône.
Implorons, etc.

Virgo prœdicanda.

Du couchant à l'aurore
On prêche ses grandeurs ;
C'est la reine des cœurs
Que partout on implore.
Implorons, etc.

Virgo potens.

C'est la Vierge puissante
Qui fait trembler l'enfer ;
Elle tient lucifer
Sous sa main triomphante.
Implorons, etc.

Virgo clemens.

Elle est compatissante
Aux douleurs des mortels :

Allons donc aux autels,
De la Vierge clémente
Implorons, etc.

Virgo fidelis.

De la Vierge fidèle
Ne quittons plus les pas ;
Ne nous détachons pas
De sa main maternelle.
Implorons, etc.

Speculum justitiæ.

Au miroir de justice
Allons nous contempler,
Et pour lui ressembler,
Rendons-nous le propice.
Implorons, etc.

Sedes sapientiæ

Aimons avec ivresse
La reine des élus ;
Puisons dans ses vertus
Des trésors de sagesse.
Implorons, etc.

Causa nostræ lætitiæ.

Si la mélancolie
Vient assombrir nos jours,
Invoquons le secours
De la tendre Marie.
Implorons, etc.

Vas spirituale.

Comme une essence pure
S'enfuit d'un vase d'or,
Son cœur plus riche encor,
Embaume la nature.
Implorons, etc.

Vas honorabile.

Le sein de notre mère
Est le vaisseau d'honneur
Qui fut pour le Sauveur,
Un chaste sanctuaire.
Implorons, etc.

Vas insigne devotionis.

Le cœur de Notre-Dame
Répand la piété;
Vaisseau de charité,
Son amour nous enflamme.
Implorons, etc.

Rosa mystica.

C'est la rose mystique
Du jardin du Seigneur,
Qui répand son odeur
Sur le monde angélique.
Implorons, etc.

Turris davidica.

C'est la tour admirable
Que David contemplait,

Quand sa main batissait
Un fort inébranlable.
Implorons, etc.

Turris eburnea.

C'est le trône d'ivoire
Où le vrai Salomon
Fait briller en Sion
Les splendeurs de sa gloire.
Implorons, etc.

Domus aurea.

C'est la maison dorée
Où le Dieu des vertus
Fait naître des élus
La race fortunée.
Implorons, etc.

Federis arca.

C'est l'arche d'alliance
Qui joint la terre au ciel.
Le peuple d'Israël
A son ombre s'avance.
Implorons, etc.

Janua Cœli.

Cette Vierge immortelle
Est la porte des cieux ;
Les élus bienheureux
N'y montent que par elle.
Implorons, etc.

5*

Stella matutina.

C'est la brillante étoile
Qui de la sombre nuit,
Quand la lumière luit,
Vient déchirer le voile.
Implorons, etc.

Salus infirmorum.

Les maux de cette vie
Ont perdus leurs tourments,
Quand les chrétiens souffrants,
Sont aux pieds de Marie.
Implorons, etc.

Refugium peccatorum.

Infortuné transfuge
Des tribus du Seigneur;
Vers elle le pécheur
Va chercher un refuge.
Implorons, etc.

Consolatrix afflictorum.

De l'âme désolée
Elle voit les travaux;
Elle adoucit les maux
Dont elle est accablée.
Implorons, etc.

Auxilium Christianorum.

L'Eglise militante
N'a point d'appui plus fort:

Elle conduit au port,
Sa barque triomphante.
Implorons, etc.

Regina Angelorum.

C'est la Reine des Anges ;
Son sceptre radieux
Sur la route des cieux,
Jalonne leurs phalanges.
Implorons, etc

Regina patriarcharum.

Sa ravissante image
Soulageait la langueur
Qui désolait le cœur
Des saints du premier âge.
Implorons, etc.

Regina prophetarum.

Dans leur divin délire,
Les prophètes de Dieu
En paroles de feu
La chantaient sur leur lyre.
Implorons, etc.

Regina apostolorum.

La reine des apôtres
Animait leurs combats ;
Elle étend ses deux bras
Pour protéger les nôtres.
Implorons, etc

Regina Martyrum.

Pour retremper leur âme,
Les martyrs généreux,
Aux rayons de ses yeux
Allaient chercher leurs flamm
Implorons, etc.

Regina Confessorum.

Aux luttes de la vie,
Si le juste est vainqueur,
C'est quand son agresseur
Est frappé par Marie.
Implorons, etc.

Regina Virginum.

Au souffle de Marie
Le lys est enfanté,
Et la virginité
De ses fleurs est nourrie.
Implorons, etc.

Regina Sanctorum.

Cette mère divine
Règne sur tous les saints
Au sceptre de ses mains,
Tout l'univers s'incline.
Implorons, etc.

LES SAINTS MYSTÈRES.

Mère du fils, fille du père,
Chaste épouse du Saint-Esprit;
Daignez être aussi notre mère
Et priez, pour nous, votre fils.

PREMIÈRE MYSTÈRE JOYEUX,

L'Annonciation.

Verbe incarné je vous adore,
Dieu fait chair pour l'amour de nous:
Vierge mère je vous honore
Et je me donne tout à vous.

SECOND MYSTÈRE JOYEUX,

La Visitation.

Vierge sainte, dont la visite
Remplit saint Jean du Saint-Esprit;
Je veux suivre votre conduite
En portant partout Jésus-Christ.

TROISIÈME MYSTÈRE JOYEUX,

La naissance de N.-S.

O Jésus, né dans une étable,
J'admire votre humilité.
Dieu d'amour, votre enfance aimable
Me fait chérir l'humilité.

QUATRIÈME MYSTÈRE JOYEUX,

La Présentation.

Purifié comme Marie,
Embrasé comme Siméon,
Jésus, je veux finir ma vie
En bénissant votre saint nom.

CINQUIÈME MYSTÈRE JOYEUX,

Le recouvrement de Jésus au temple.

Jésus, cherché par votre mère
Et trouvé parmi les docteurs;
Si je vous perds, du moins, j'espère
De vous retrouver par mes pleurs.

PREMIER MYSTÈRE DOULOUREUX,

L'agonie de notre divin Sauveur.

Jésus, votre affreuse agonie
Vous fit suer le sang et l'eau;
Puisse, ô Dieu, mon âme être unie
A la votre jusqu'au tombeau.

SECOND MYSTÈRE DOULOUREUX,

La flagellation.

Par la flagellation sanglante,
Jésus, votre corps est meurtri;
Faites qu'au moins, mon âme sente
L'horreur des maux quelle a commis.

TROISIÈME MYSTÈRE DOULOUREUX

Le couronnement d'épines.

Jésus, une couronne infâme
Ensanglanta vos divins traits;
Puissent vos douleurs, dans mon âme
Etre présente à jamais.

QUATRIÈME MYSTÈRE DOULOUREUX,

Le portement de croix.

Divin Jésus, je vous adore,
Portant votre croix devant nous,
Oui, je veux vous bénir encore
En portant ma croix avec vous.

CINQUIÈME MYSTÈRE DOULOUREUX,

Jésus meurt sur la Croix.

Divin Sauveur je vous révére
Expirant sur la croix pour nous;
Obtenez-moi de votre pére,
Que je vive et meure pour vous.

PREMIER MYSTÈRE GLORIEUX,

La Résurrection.

Mon âme, ô Jésus, est ravie,
En vous voyant ressuscité:
Faites qu'à la nouvelle vie
J'arrive par la charité.

SECOND MYSTÈRE GLORIEUX,

L'Ascension.

Allez préparer notre place
O Jésus, en montant aux cieux ;
Et cependant, par votre grâce,
Attirez nos cœurs et nos vœux.

TROISIÈME MYSTÈRE GLORIEUX,

La descente du Saint-Esprit.

Esprist Saint, envoyé du père
Aux saints apôtres par le fils,
Venez aussi, Dieu de lumière
Remplir nos cœurs et nos esprits.

QUATRIÈME MYSTÈRE GLORIEUX,

L'Assomption.

L'amour a fini votre vie,
Vierge sainte, montez aux cieux,
Et que la nôtre soit suivie
D'un trépas aussi précieux.

CINQUIÈME MYSTÈRE GLORIEUX,

Le couronnement de la Sainte Vierge.

Au ciel vous êtes couronnée
Par la Très-Sainte Trinité :
Mon âme à vos pieds prosternée
Implore votre autorité.

Vive Jésus! vive Marie!
Vive leur amour dans nos cœurs;
Que partout notre voix publie
Et leurs beautés et leurs faveurs.

FIN.

Digne, VIAL, Imprimeur-Libraire, rue Capitoul, 5.